QUANDO VOCÊ ESTIVER ESTRESSADO

Diego tenta escapar

DAVID e NAN POWLISON
Organizadores

JOE HOX
ilustrador

Dados Internacionais de Catalogação na Publicação (CIP)
(eDOC BRASIL, Belo Horizonte/MG)

F599d Flenders, Jocelyn.
  Diego tenta escapar / Jocelyn Flenders; ilustrações Joe Hox; tradutora Meire Santos. – São José dos Campos, SP: Fiel, 2022.
  32 p. : il. ; 21,6 x 21,6 cm – (Boas-novas para os coraçõezinhos)

  Título original: Buster tries to bail: When you are stressed
  ISBN 978-65-5723-186-9

  1. Estresse – Aspectos religiosos – Cristianismo – Literatura infantojuvenil. 2. Crianças – Conduta de vida – Literatura infantojuvenil. I. Hox, Joe. II. Santos, Meire. III. Título. IV. Série.
  CDD 242.62

Elaborado por Maurício Amormino Júnior – CRB6/2422

Criação da história por Jocelyn Flenders, uma mãe que faz ensino domiciliar, escritora e editora que mora no subúrbio da Filadélfia. Formada no Lancaster Bible College, com experiência em estudos interculturais e aconselhamento, a série "Boas-novas para os coraçõezinhos" é sua primeira obra publicada para crianças.

Diego tenta escapar: quando você estiver estressado

Traduzido do original em inglês
Buster tries to bail: When you are stressed

Copyright do texto ©2020 por David Powlison
Copyright da ilustração ©2020 por New Growth Press

Publicado originalmente por
New Growth Press, Greensboro, NC 27404, USA

Copyright © 2021 Editora Fiel
Primeira edição em português: 2022

Todos os direitos em língua portuguesa reservados por Editora Fiel da Missão Evangélica Literária. Proibida a reprodução deste livro por quaisquer meios sem a permissão escrita dos editores, salvo em breves citações, com indicação da fonte.

Todas as citações bíblicas foram retiradas da Nova Versão Internacional (NVI), salvo quando necessário o uso de outras versões para uma melhor compreensão do texto, com indicação da versão.

Diretor: Tiago Santos
Supervisor Editorial: Vinicius Musselman
Editora: Renata do Espírito Santo
Coordenação Editorial: Gisele Lemes
Tradução: Meire Santos
Revisão: Zípora Dias Vieira
Adaptação, Diagramação e Capa: Rubner Durais
Design e composição tipográfica capa/interior: Trish Mahoney, themahoney.com
Ilustração: Joe Hox, joehox.com
ISBN (impresso): 978-65-5723-186-9
ISBN (eBook): 978-65-5723-185-2

Caixa Postal 1601
CEP: 12230-971
São José dos Campos, SP
PABX: (12) 3919-9999
www.editorafiel.com.br

"Tu guardarás em perfeita paz aquele cujo propósito está firme, porque em ti confia. Confiem para sempre no Senhor, pois o Senhor, somente o Senhor, é a Rocha eterna."

(Isaías 26.3, 4)

Numa ensolarada manhã, o coelhinho Diego pulou para fora da sua toca.

Ele correu até a floresta indo e voltando — repetidamente.

Ele estava determinado a fazer um tempo melhor que o de ontem — determinado a ser o melhor.

Alice, a irmã de Diego, pulou para fora da toca e perguntou:
— Como foi?
Melhor do que ontem?

Ele respirou e disse:
— Eu preciso ser mais rápido para ganhar da raposa Fred na corrida do parque de exposições da província! Ele ainda é mais rápido do que eu. Eu sei que o treinador Benjamim me ajudará. Ele venceu como treinador do ano.
— Ótimo! Estou contente por ele estar do seu lado — respondeu Alice.

Mais tarde, Diego se encontrou com o treinador para praticar.

— Nós só temos mais duas semanas, nosso trabalho já está planejado! Você precisa dar o seu melhor em todos os treinos! — avisou o treinador.

— Farei isso! — prometeu Diego.

O treinador pressionava Diego cada vez mais.
Ele fez Diego se alongar mais,
correr mais rápido e treinar por mais tempo.

— Você quer que o Fred vença?
Vamos lá, Diego, você está ficando para trás!

Mais rápido!
Mais rápido!
Mais rápido!

Quanto mais o treinador pressionava, mais estressado Diego se sentia.
Ele não tinha certeza de como sobreviveria nas duas próximas semanas.

Ao caminhar para casa depois do treino, Diego chutou algumas pedras ao longo do caminho. *Como vou ganhar do Fred? Como conseguirei ser mais rápido em apenas duas semanas?*

Isso é impossível!
Ele começou a entrar em pânico.

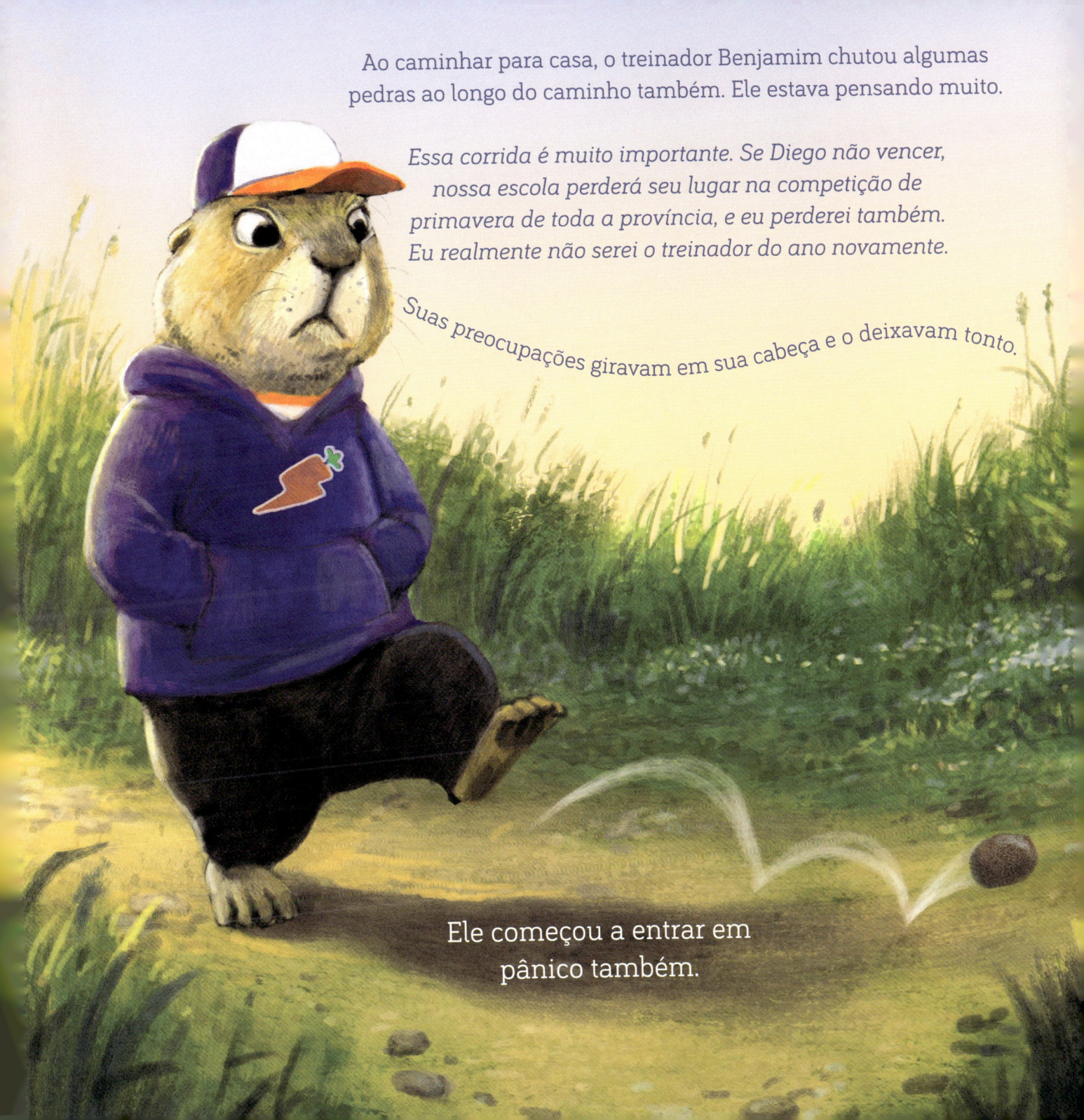

Ao caminhar para casa, o treinador Benjamim chutou algumas pedras ao longo do caminho também. Ele estava pensando muito.

Essa corrida é muito importante. Se Diego não vencer, nossa escola perderá seu lugar na competição de primavera de toda a província, e eu perderei também. Eu realmente não serei o treinador do ano novamente.

Suas preocupações giravam em sua cabeça e o deixavam tonto.

Ele começou a entrar em pânico também.

Naquela noite, a mente do Diego estava disparada. Estava repleta de pistas, cronômetros e troféus. Fred também estava presente em sua mente. Quando Diego finalmente dormiu, sonhou que Fred o ultrapassava, cantarolando:

— Coelhinhos até correm, coelhinhos até perseguem, mas, que pena, coelhinhos sempre perdem!

Diego acordou suado.

Não tinha como tentar dormir, então ele ligou sua lanterna,
agarrou seu registro de treino e reviu os alvos que o treinador havia estabelecido.

Finalmente, depois de várias horas de estresse e estratégias,
ele caiu no sono vagarosamente, apertando o registro de corridas entre suas patas.

Quando o sol nasceu na manhã seguinte, Diego ainda estava dormindo. Somente quando Alice deixou seus livros caírem no corredor foi que ele finalmente se mexeu. Ele olhou para o relógio e esfregou os olhos.

Que horas são? Pensou ele.
Oh, não! Eu perdi o treino da manhã!
Ele pegou seus livros e correu para a cozinha.

Mamãe falou:
— Olá, dorminhoco. Fico contente por você ter decidido dormir um pouco mais! Até mesmo os melhores campeões precisam de descanso.

Mas Diego estava exausto e agitado. Ele rapidamente agarrou um punhado de cenouras e correu para fora da porta.

— Eu preciso ir!

Mais tarde, naquele dia, o treinador disse:
— Você não está ficando mais rápido.
Você está fazendo tudo que combinamos? Conseguindo dormir o suficiente? Treinando três vezes ao dia? Esforçando-se ainda mais?

Diego disse:
— Estou tentando!

O treinador continuou:
— Se nós não vencermos essa corrida, perderemos nosso lugar na competição de primavera de toda a província.

— Estou fazendo tudo que posso, mas parece que não é o suficiente! — disse Diego.

— Então você precisa do meu
super suco vegetal ultrassecreto!
Ele te dará energia até a linha de chegada!

Vou te dizer: no grande dia, farei esse suco e, assim, você terá uma vantagem extra.

Certamente você vencerá!

Havia chegado a noite anterior à grande corrida.
Diego estava se sentindo pressionado! O estresse o alcançara.

Na hora do jantar, mamãe disse:
— Hoje eu caminhei até o local da feira da província.
Tudo está tão bonito! A roda gigante está montada e a pista de corrida está quase completa.

Alice exclamou:
— Aninha e eu planejamos ser as primeiras
na fila para a roda gigante! É a nossa favorita!

Papai disse:
— Vou me esforçar para chegar mais cedo
e arrumar nossas cadeiras.
Não quero perder a corrida do Diego!

E quando eles esperavam que
Diego falasse alegremente sobre como ele
certamente venceria a corrida, só houve silêncio.

Todos se voltaram para Diego e perceberam que ele não havia tocado na comida.

Papai perguntou:
— Está tudo bem, campeão?
Novamente, silêncio.
— Diego?

Diego estava tão cansado que podia ter chorado. Ele estava tão chateado que não conseguia comer. Ele não via razão para participar daquela corrida. Ele fracassaria.

— Eu não vou correr!
— gritou ele.

Então Diego correu para o seu quarto e bateu a porta.

Antes que passasse muito tempo,
Diego ouviu alguém bater na porta.
— Posso entrar? — perguntou Papai.

Diego disse num som abafado
pelo seu travesseiro:
— Tudo bem.

Ao entrar no quarto, Papai olhou para Diego
escondido debaixo do seu travesseiro e cobertor.
Acima dele, estava uma prateleira com todos
os seus troféus. Havia troféus da escola,
troféus do acampamento e até troféus da
Feira da província. Mas não parecia que eles
faziam Diego se sentir melhor nesse momento.

— Você está bem?
O que está acontecendo?
— disse Papai.

— Eu não conseguirei correr — cochichou Diego.

— Bem, você *está* sob muito estresse, disse Papai. Você tem treinado três vezes por dia, está gastando muito tempo no seu registro de corridas e tentando manter o treinador Benjamim feliz. Para não mencionar escola, dever de casa e tudo mais.

A sua cabeça deve estar girando.

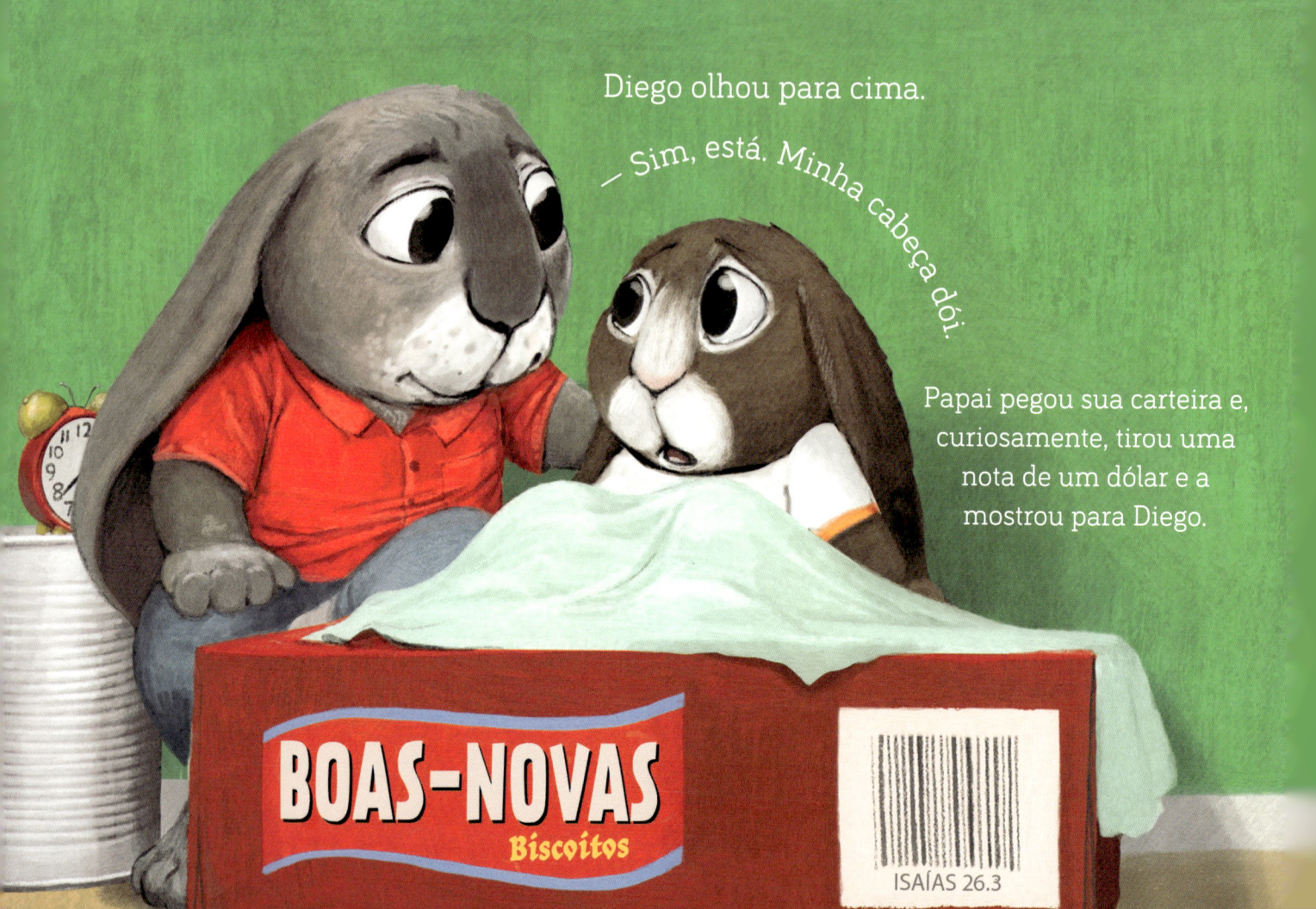

Diego olhou para cima.

— Sim, está. Minha cabeça dói.

Papai pegou sua carteira e, curiosamente, tirou uma nota de um dólar e a mostrou para Diego.

BOAS-NOVAS Biscoitos

ISAÍAS 26.3

— Você já viu uma nota dessas antes? — perguntou Papai.
— Esta é a nota de um dólar. Vou traduzir para você o que está escrito nela: "Em Deus, nós confiamos".

— Você sabe o que isso significa? — perguntou Papai.

— Não tenho certeza — disse Diego.

Papai disse:
— Significa que, quando confiamos em Deus, nós vivemos sob seu cuidado e proteção, e ouvimos à sua voz. Que vozes você tem ouvido?

— Corra mais rápido, tente com mais afinco, ganhe da raposa Fred, faça o treinador feliz, seja o melhor.

Papai apertou as patas do Diego gentilmente e disse:
— As boas-novas são: Você não precisa continuar vivendo controlado pelo estresse, porque você pode viver controlado por Deus. Ele está no comando de todo o mundo. Ele ama você. Jesus é a voz que você quer ressoando em seu ouvido.

— Aqui está o que ele diz: "Tu guardarás em perfeita paz aquele cujo propósito está firme, porque em ti confia. Confiem para sempre no Senhor, pois o Senhor, somente o Senhor, é a Rocha eterna."

Papai escreveu aquilo bem no topo da nota de um dólar e a entregou a Diego.
— Fique com essa nota e, quando estiver se sentindo estressado, lembre-se de que Deus guarda você.

Diego enrolou a nota de um dólar e a colocou debaixo de seu travesseiro.

— Sempre que eu não consigo aquietar todas as vozes barulhentas, eu converso com Jesus e peço a outros que orem por mim — continuou Papai.

— Sabe, quando você vive guardado por Jesus, você está seguro. Ele é a sua Rocha, e ele é Senhor. Isso significa que ele é o Rei de todo o mundo. Ele é o Rei da Campina, da corrida e ele está no comando até do treinador Benjamim. Vamos pedir a Jesus que o ajude a ouvir sua voz e a se colocar debaixo do cuidado dele.

Papai orou:
— Jesus, por favor, aquiete a mente do Diego, e, em vez de barulhos, encha-a com bons sonhos e paz. Amém.

Quando Papai terminou a oração, Diego já estava dormindo profundamente.

Na manhã seguinte, Diego acordou, encontrou a nota de um dólar debaixo do seu travesseiro e orou:
— Querido Jesus, por favor, me ajude a viver confiante no Senhor hoje.

Ele colocou o dinheiro em seu bolso e se aprontou. Ele ainda se sentia apreensivo, mas também se lembrou de que Jesus era o Rei da Campina.

Ele sabia que tinha um amigo poderoso que o protegeria.

Do outro lado da cidade, o treinador Benjamim também estava acordando.
Ele passou a noite toda se revirando na cama, preocupado com a corrida. Ele pulou até a cozinha para fazer seu super suco ultrassecreto de vegetais para Diego. Então ele notou as horas!
Tinha que se apressar ou não chegaria a tempo!

Ele pegou cenouras e gengibre. Também colocou grama e cravo.
Ele encheu tanto o copo do liquidificador que o super suco começou a derramar pelas beiradas sobre a pia. Ele até se esqueceu de colocar a tampa!

Quando ligou, o suco explodiu para fora do liquidificador como um vulcão!

O técnico entrou em pânico, despejou o que sobrou do suco em um copo e correu para fora da casa, deixando a bagunça para trás.

O treinador estava correndo quase tão rápido quanto Diego!
Isto é, até ele notar uma família de caramujos cruzando o seu caminho.
— Eu não tenho tempo para caramujos!
— gritou ele. E continuou correndo.

Os caramujos se espalharam. Ele bateu seu dedão em um e caiu em um amontoado de lama, derramando todo o restante do suco.

— Sem tempo para caramujos — resmungou ele ao se levantar da lama encharcado, pegajoso e desajeitado.

Diego veio para o resgate. Ele deu ao treinador uma toalha e brincou:
— Parece que você precisa de ajuda tanto quanto eu!
O treinador olhou para suas roupas cobertas de lama e suco verde.
Ele queria ficar bravo, mas, em vez disso, sorriu.
— Você está certo, Diego. Eu estou horrível.

— Tudo bem — disse Diego. Na noite passada, meu pai me lembrou de algo que eu havia esquecido — viver controlado por Jesus em vez de viver controlado pelo estresse. Você sabe que Jesus é a nossa Rocha e o Rei de toda a campina. Nós precisamos dele mais do que de sucos ou troféus. Ele está ajudando a aquietar o meu coração, não importa o que aconteça hoje.

— Obrigado — disse o treinador Benjamim. Eu precisava ouvir isso nesta manhã. Se eu tivesse lembrado de Jesus quando acordei, não estaria coberto de lama e de suco agora! Eu sei que o deixei estressado, Diego. Sinto muito. Nós também precisamos viver controlados por Jesus em vez de viver estressados.

Diego puxou a nota de um dólar de seu bolso e mostrou-a ao treinador.
Eles deram um "toca aqui" e disseram juntos:
— Em Deus, nós confiamos.

Logo chegou o grande momento.
Diego se alinhou entre a raposa Fred e a guaxinim Aninha.

Mas, ao invés de olhar para a sua direita ou esquerda,
ele olhou direto para sua frente. Ele se lembrou novamente:
Em Deus eu coloco a minha confiança. Jesus está comigo. Ele me guardará em perfeita paz.

Então ele correu forte e rápido — sem nenhuma preocupação.
E quando ele rompeu a fita na linha de chegada,
em meio aos aplausos da multidão, ouviu quietude em seu coração.

Ele nem se importou com o fato de a guaxinim Aninha
aparecer não se sabe de onde e vencer a corrida.
Acabou que nesse dia *ela* foi
a mais rápida da campina.

O treinador Benjamim deu um "toca aqui"
em todos e eles correram para
andar de roda gigante.

Ajudando seu filho a lidar com o estresse

Ajudar seu filho significa começar avaliando o seu próprio nível de estresse, uma vez que as crianças parecem absorver o estresse por osmose a partir do ambiente em que vivem. "Socorro", você vai dizer, "Minha vida é uma bagunça estressada!". Mas lembrar da verdade de que não podemos fazer tudo ou fazer tudo perfeitamente nos liberta. Nós podemos confiar no trabalho de outro – nosso amigo e Salvador, Jesus Cristo. Ele pagou por tudo o que deixamos por fazer ou que fizemos errado. Quando confiamos nele, ele nos conduz a um novo mundo com maravilhosas promessas que são verdadeiras eternamente. Aqui estão algumas delas:

- Você não está sozinho. "E eu estarei sempre com vocês, até o fim dos tempos" (Mt 28.20).
- Você pode pedir ajuda. "Se algum de vocês tem falta de sabedoria, peça-a a Deus" (Tg 1.5).
- Você não precisa ter medo. "Pois Deus não nos deu espírito de covardia, mas de poder, de amor e de equilíbrio" (2Tm 1.7).

Com essas promessas em mente, separe um tempo para se sentar quietamente em uma cadeira, se colocar diante de Deus e dar a ele o seu coração. Abrigue-se em seu perfeito amor e cuidado por você. Leia os versículos da Escritura que estão nesta seção e medite neles. Descanse e ore. Então escolha uma coisa para fazer que trará mais paz ao seu ambiente (por exemplo, arrumar a sala, lavar os pratos, colocar roupas sujas na máquina de lavar, apanhar flores para a mesa). Faça algo que, ao final, você possa dizer: "Está bom". Então sente-se confortavelmente em sua poltrona e descanse. Quando estamos estressados, é de grande ajuda fazermos uma coisa por vez, num ritmo consistente, em oração. O estresse acontece quando nos sentimos sobrecarregados e vivemos controlados por aquele estresse em vez de controlados por Deus. Enquanto você aprende a viver controlado pelo cuidado de Deus, compartilhe essas verdades com seu filho. Vocês podem aprender juntos de que forma viver sob o cuidado de Deus e não sob estresse.

1. **Todos experimentam estresse quando estão sob pressão.** Para Diego, a pressão veio de dentro (ele queria ser o mais rápido e vencer a corrida) e de fora (seu treinador queria que ele vencesse). Comece admintindo para o seu filho que, algumas vezes, todos nós vivemos sob estresse, e a coisa mais importante é saber para quem nos voltarmos e qual voz ouvir.

2. **Às vezes, não percebemos o quanto estamos estressados.** Diego continuou tentando cada vez mais se superar, até que, subitamente, quis desistir da corrida. Quando você observar que seu filho está estressado, comece fazendo perguntas sobre as pressões que ele está sentindo. Não presuma que você sabe exatamente o que está perturbando seu filho. Separe tempo para ouvir em vez de ir diretamente para a "resposta".

3. **Nós reagimos ao estresse de diferentes maneiras em ocasiões diferentes.** Algumas vezes, nós reagimos ao estresse trabalhando mais (como Diego fez com seus treinamentos extras), algumas vezes, reagimos tentando escapar (como Diego fez ao decidir desistir da corrida), outras vezes, ficamos irados (como Diego fez quando gritou com sua família), e, outras ainda, quando nos sentimos estressados, colocamos outros sob estresse (como o treinador Benjamim fez com Diego). Você pode começar a conversa sobre estresse com seus filhos compartilhando sobre como você tem reagido ao estresse em diferentes épocas da sua vida, e então peça a eles que compartilhem o que eles fazem quando estão estressados.

4 **Incentive seu filho a direcionar tudo o que o leva a ficar estressado para Deus e a falar com ele sobre isso.** O Salmo 55.17 diz: "À tarde, pela manhã e ao meio-dia choro angustiado, e ele ouve a minha voz". Lembre a ele que pode ir a Deus em qualquer tempo do dia ou da noite, sempre que estiver passando por estresse, e ele ouvirá a voz dele.

5 **Aprenda a ouvir a voz de Jesus.** Diego estava se sentindo estressado ao ouvir todas as vozes, exceto a de Jesus. Ele estava ouvindo "corra mais rápido, tente mais, ganhe da raposa Fred, seja o melhor". Todas essas vozes tinham abafado a voz de Jesus, que lhe dizia: "Lancem sobre ele toda a sua ansiedade, porque ele tem cuidado de vocês" (1Pe 5.7). Lembre aos seus filhos constantemente que Jesus se importa com eles. Ele conta cada cabelo de nossas cabeças e sabe quando um deles cai. Aquele que cuida de cada pardal está sempre cuidando dos seus filhos e os guardando também (Mt 10.29-31).

6 **O maior sinal do amor e do cuidado de Jesus por nós foi ele ter dado sua própria vida por seu povo.** Por Jesus se importar conosco, ele foi para a cruz e pagou pelos pecados de todos que se voltarem para ele com fé. Depois de ter ressuscitado, ele prometeu a todos que crerem nele: "eu estarei sempre com vocês, até o fim dos tempos" (Mt 28.20). Quando coloca toda a sua confiança em Jesus, você pode viver sob seu cuidado, em vez de viver sob estresse. Debaixo do cuidado de Deus, nós estamos sempre protegidos. A Bíblia nos promete: "Ele o cobrirá com as suas penas, e sob as suas asas você encontrará refúgio; a fidelidade dele será o seu escudo protetor" (Sl 91.4).

7 **O que mais nos estressa revela nossos desejos, esperanças e temores mais profundos.** Diego queria correr mais rápido e vencer sua corrida. Ele também queria fazer seu treinador feliz. Seu técnico queria ser o treinador do ano novamente. Não havia nada de errado com o que eles queriam, mas podemos tornar uma coisa boa importante demais. Quando queremos algo mais do que queremos viver debaixo do controle de Deus, ficaremos estressados. Quando deixamos nosso desejo, até por coisas boas, tomar o lugar central das nossas vidas, então estamos sendo controlados por aquele desejo em vez de sermos dirigidos pelo amor a Deus e às pessoas (Tg 4.1-3). Incentive seu filho a ir a Deus com todos os seus desejos, esperanças e temores e a lhe pedir perdão pelas vezes em que tornou algo que queria mais importante do que amar a Deus. Deus promete que, quando fazemos isso, ele nos guarda em perfeita paz (Is 26.3).

8 **Lembre ao seu filho que Deus está no controle do mundo.** Crianças (e adultos!) passam por experiências de medo quando o mundo parece fora de controle. Eles podem ficar estressados até mesmo ouvindo as notícias. As reportagens de mortes, enfermidades, guerras e desastres naturais podem parecer muito próximas (e algumas vezes estão). Mas nós estamos vivendo sob o cuidado de Deus. Nós confiamos que ele está no controle e tem um plano bom para levar todo o seu povo seguramente ao seu lar (Ap 21.3-4). Lembre ao seu filho frequentemente as palavras de Deus a nós: "Tu guardarás em perfeita paz aquele cujo propósito está firme, porque em ti confia. Confiem para sempre no Senhor, pois o Senhor, somente o Senhor, é a Rocha eterna" (Is 26.3-4).

Esta obra foi composta em Bariol Serif Regular 13, e impressa
na Promove Artes Gráficas sobre o papel Couchê Fosco 150g/m²,
para Editora Fiel, em Abril de 2024.